POÉSIES DIVERSES

LES

VIOLETTES

PAR

ÉDOUARD PESCH

METZ

ROUSSEAU-PALLEZ, LIBRAIRE-ÉDITEUR

RUE DES CLERCS, 14

1863

POÉSIES DIVERSES

LES

VIOLETTES

PAR

ÉDOUARD PESCH

TYPOGRAPHE

METZ

ROUSSEAU-PALLEZ, LIBRAIRE-ÉDITEUR

RUE DES CLERCS, 14

1863

LES VIOLETTES

METZ. — TYPOGRAPHIE ROUSSEAU-PALLEZ

RUE DES CLERCS, 14

PRÉFACE

Ces poésies sont les premiers essais d'une plume presque ignorante. C'est le cœur, et le cœur seul qui les a dictées.

Dès mon enfance, je m'adonnais à la poésie, et bon nombre de vers contenus dans ce livre étaient écrits avant que je connusse les règles de la versification. Je n'avais plus tard qu'à les mettre en ordre.

Étranger de naissance, que de difficultés il me fallut vaincre avant de me familiariser avec la langue française ; ouvrier sans ressources, que de persévérance il me fallut pour arriver en tâtonnant au pied du Parnasse !

Les émotions seules inspiraient ces vers sans art. Combien de fois, après de longues veilles, ai-je déposé la plume sur l'œuvre achevée en ne demandant pour ma peine qu'un sourire de bienveillance !...

Que la critique me soit indulgente ; car — semblable à Gilbert et à Moreau, quoique plus indigne — je n'ai que mes vers pour toute fortune ; ainsi qu'eux, le destin me jetait nu sur la terre, à deux doigts de tant de richesses et de plaisirs inaccessibles :

Et le Destin m'ordonnait de chanter...

LES VIOLETTES

PRINTEMPS

Salut, ô cher printemps ramenant l'espérance,
Beau ciel resplendissant qui réchauffes les cœurs!
Salut, zéphir joyeux, qui dans ta folle danse
Traverses nos bosquets pour éveiller les fleurs!

La glace de l'hiver s'écoule en chaudes larmes,
La terre se ranime aux rayons du soleil;
Les plaines et les bois vont dévoiler leurs charmes:
Tout germe, s'ouvre et pousse après ce long sommeil.

Reprenez maintenant, oiseaux, vos gais ramages;
Revenez, hirondelle, absente si longtemps;
Aimables rossignols, enchantez les bocages,
Que vos cris d'allégresse acclament le printemps!

Violette, fleuris ! marguerite argentine,
Muguet délicieux à la matte blancheur,
Réséda, romarin, et toi, belle églantine,
Aux brises du matin livrez votre senteur !

Par essaims affairés, abeilles si prudentes,
Venez dans nos jardins reprendre votre essor ;
Voyez s'épanouir les tulipes ardentes :
Vous trouvez dans leur sein du miel le doux trésor !

Marronniers et lilas, ornez encor vos branches
De festons embaumés, de grappes de boutons ;
Lierre aux bras verdoyants, aubépine et pervenches,
Couvrez berceaux et murs de mille rejetons !

Vénus de nos jardins, toi tendre et fraîche rose !
Emblème de l'amour qu'entourent les doux ris,
Exhale tes parfums, ouvre ta bouche close,
Viens en reine trôner dans ce beau paradis !

Qu'il est délicieux d'habiter cette terre,
Sous un ciel souriant à l'homme admirateur ;
Bénissons donc Celui qui nous chérit en père :
Unissons tous nos voix, chantons le Créateur !

L'ORAGE

Enfin l'astre du jour, suivant de près l'aurore,
Parsème de rubis les sentiers des vallons ;
Dans les fertiles champs qu'un vif reflet colore
Le pauvre villageois, au Seigneur qu'il implore,
Demande, en travaillant, la paix pour ses sillons.

C'est un beau jour d'été qui promet l'abondance ;
On voit couverts de fleurs les prés resplendissants ;
Le chant de l'allouette, après sa longue absence,
Nous réjouit encor de sa vive cadence
En jetant dans les airs ses gracieux accents.

Hélas ! seule, ma voix, qu'inspire l'amertume,
Redit un triste chant, écho de mes chagrins !
Quand tout rit sous ce ciel que la brise parfume,
Rêvant isolément, en pleurs je me consume,
Devant l'arrêt fatal des lois de nos destins...

Entendez-vous ce cri qui trouble l'harmonie ?
Quel est ce monstre ailé qui fond d'un seul élan,
Franchissant les rochers à la pente brunie,
Sur l'oiseau gracieux que déjà l'agonie
Vient surprendre au milieu de son aimable chant ?...

Malheur ! le noir vautour, saisissant sa victime,
A répandu l'effroi dans ces riants vallons ;
Il tient l'oiseau mourant et, planant sur l'abime,
Regagne lentement l'impraticable cîme
En souillant de son vol ces pures régions !

Je vois à l'horizon monter de gros nuages ;
Déjà de plus en plus s'assombrissent les airs :
Les chanteurs effrayés, cessant leurs babillages,
Cherchent vite un abri sous des épais feuillages,
Au bruit d'un sourd murmure, aux lueurs des éclairs.

Le vent s'élève alors, déjà l'orage gronde ;
La grêle sans pitié vient effeuiller la fleur,
Qui penche un pâle front que le torrent inonde,
Et pliant sous le faix, dans une fange immonde,
Traîne son doux trésor d'adorable senteur !

Le ciel vomit la flamme, et le puissant tonnerre
Redouble à chaque éclair son écrasant effort ;
Dans le lointain confus, ébranlant l'atmosphère,
Il roule en mugissant dans la tremblante sphère
Où ses traits destructeurs iront porter la mort !...

Avec le doux zéphir, Dieu nous donne l'aurore,
La rose au buisson vert, en des moments d'amour ;
Mais, un instant après, la tempête sonore
Détruit ce voile pur, la fleur qui vient d'éclore,
Sans le moindre regret, hélas ! et sans retour !...

L'aurore a le destin tracé pour ma jeunesse,
Et la fleur éphémère est comme mon espoir ;
Je n'ai que dans un jour goûté sa douce ivresse :
Déjà le lendemain amenait la tristesse
Qui sur mon cœur en deuil jeta son voile noir !..

AUTOMNE

Salut, automne, ô spectre froid et blême !
Les ouragans m'annoncent ton retour ;
Hélas ! en toi j'ai reconnu l'emblème
    De mon triste séjour !

Je viens encor m'asseoir au pied du chêne,
Seul confident, seul témoin de mes pleurs ;
Qui seul m'entend, quand, accablé de peine,
    J'exprime mes douleurs...

Dans sa couronne où la bise sanglotte,
J'entends un bruit tel qu'un dernier soupir ;
Au gré du vent, la feuille un instant flotte
    Avant de se flétrir...

Sur le gazon une larme scintille ;
La feuille morte étouffe mainte fleur...
Gazons et fleurs que le printemps habille,
    Tout lentement se meurt !

Quittant son nid, une hirondelle alerte
A rassemblé près d'elle ses enfants :
Vers d'autres cieux, joyeuse elle déserte :
    On n'entend plus ses chants...

Les rossignols aux voix mélodieuses
N'enchantent plus, vers le soir, nos berceaux ;
Rêves d'amour et nuits délicieuses,
    Tout a fui nos hameaux !

Je reste encor, pleurant de la nature
Le dénûment que je partage, hélas !
O sombre ciel, entends-tu le murmure
De l'atôme ici-bas !

———

CHANTEURS ET CHARITÉ

(Ces vers ont été lus au banquet offert aux chanteurs luxembourgeois le jour du
concert pour les chrétiens de Syrie.)

Quel est ce mouvement, cet élan invincible
Qui s'empare de nous, les amis d'aujourd'hui?
Quel est ce sentiment, cette ardeur indicible,
Qui nous presse et nous dit de sa voix si sensible :
   « Unissez-vous ! il me faut votre appui ! »

Quel est ce noble esprit qui souffle sur la terre,
Dont la patrie immense est l'univers entier;
Qui porte son essor où pleure la misère,
Qui trouve en chaque pauvre à consoler un frère,
   Et dont l'apôtre est le simple ouvrier?

Jusqu'au fond de nos cœurs qu'elle a remplis d'alarmes
Son cri vient retentir en un puissant appel :
Amis, qui voudrait fuir ces sanglots et ces larmes,
Qui pourrait repousser, insensible à ses charmes,
   La Charité, cet ange issu du ciel?

Vous l'avez entendue, à cet appel dociles,
Vous êtes accourus avec empressement ;
Dans vos cœurs généreux, aux bienfaits si faciles,
Aucun regret ne vint de ses injures viles,
  Paralyser votre beau dévouement !

Honneur au Luxembourg, notre voisin aimable,
Qui partageait jadis nos gloires, nos malheurs ;
Honneur à ses enfants, en ce jour mémorable,
Qui viennent pour grossir le concert formidable,
  Dont le tribut doit racheter des pleurs !

Buvons, buvons au Chant qui fit notre alliance,
Au bonheur de la terre, à sa prospérité,
A la paix des humains qu'assiége la souffrance,
Buvons à l'étranger, comme à la belle France,
  Buvons, amis, à la Fraternité !

REPOS

J'ai voyagé sur la mer menaçante
Où je tentais, dans mon ardent espoir,
Le jeu cruel de la houle écumante,
De l'ouragan la terrible épouvante,
De mainte nuit l'ombre et le tombeau noir...
A cet aspect, j'ai frémi de faiblesse,
Je demandais, éclatant en sanglots,
A l'Océan qui rugissait sans cesse
De me porter aux rives de ses flots !...
Je demandais au ciel, pour la vague perfide,
Le ruisseau murmurant à l'ombre du noyer ;
Pour ces sombres tableaux où je vis se broyer

La richesse et l'espoir contre le roc humide;
Mon cœur fut trop craintif, mon âme trop timide:
Je soupirais, hélas! après mon doux foyer!...

J'ai combattu dans le sein des batailles,
J'ai vu souvent la mort faucher nos rangs,
Quand le canon, entr'ouvrant ses entrailles,
Et vomissant la flamme et les mitrailles,
Vint m'entourer de membres palpitants!
A cet aspect, j'ai frémi de faiblesse;
Je m'arrêtais, éclatant en sanglots:
Couvert du sang qui ruisselait sans cesse,
Je regrettais la paix, le doux repos!
Je demandais au ciel, au lieu du bruit des armes,
Les chants de mon pays, ses bois, ses verts rameaux;
Fatigué du carnage et fuyant tant de maux,
Je voulais m'endormir loin de ce champ d'alarmes
Sur la pelouse en fleur où ne sème de larmes
Que la fraîche rosée en baisant les hameaux!

Dans ma jeunesse, épris de mainte femme,
Et du regard poursuivant ce trésor,
Souvent j'aurais voulu perdre mon âme
Pour un bonheur qu'au lendemain ma flamme
Déjà pouvait atteindre en semant l'or!...
Hélas! bientôt m'accablait la tristesse;
Je m'arrêtais, éclatant en sanglots;
Mon cœur, brisé dans cette amère ivresse,
Pour le guérir implorait le repos!...
Je demandais au ciel, m'éveillant du mensonge,
D'un véritable amour le baume bienfaisant:
Alors le souffle frais d'un ange séduisant
Vint chasser loin de moi le noir souci qui ronge,
Et je pus retrouver, réalisant mon songe,
Le bonheur, le repos, auprès d'un cœur aimant!...

———

LA NATURE

Cantate pour le concours ouvert, par l'Académie de Metz, à l'occasion de l'exposition universelle.

Amis, rassemblons-nous, ce jour si solennel
  Attend de nous des chansons printanières :
  En cette enceinte arborons nos bannières,
Que suit partout la paix et l'accord fraternel.
Mais avant, à genoux, invoquons l'Éternel,
  Adressons lui nos communes prières !...

PRIÈRE.

  Sublime Créateur du monde,
  Ton souffle a dit aux aquilons
  De se changer, pour nos sillons,
  En la brise douce et féconde
  Qui réveille les fleurs et l'onde,
  Les oiseaux et les papillons !

  Sous ton égide, ô tendre Père !
  Tout germe et tout s'épanouit :
  Et la crainte s'évanouit :
  Car la foi dans nos cœurs espère...
  Dieu puissant, fais que tout prospère
  Sous ce ciel qui nous éblouit !...

  Tu prodigues de la nature
  Les joyaux aux riches couleurs,
  Les feuilles, les fruits et les fleurs,

Aux pieds de chaque créature :
Louange à toi, Dieu, source pure
Qui s'épanche ainsi dans nos cœurs !

⊛

Chantons, chantons comme l'oiseau des plaines,
Avec transport élevons notre voix ;
Confions nos accents aux légères haleines
Des zéphirs parfumés qui s'élancent des bois !
Dans les airs tout est allégresse,
Amour, extase et paisible bonheur :
Livrons-nous à la douce ivresse
Que le printemps verse dans chaque cœur !....

Jonchez de fleurs le sentier de la vie,
Plantez au bord de verdoyants rameaux ;
Sous les berceaux touffus dont l'ombre nous convie,
Allégeons un instant l'étreinte de nos maux !...
Voyez le pampre de la treille,
Q'un bras ami pour nous voulut planter :
Dans son fruit généreux sommeille
La gaîté folle et qui nous fait chanter !...

⊛

Tressez une couronne
De lauriers et de fleurs ;
Que l'éloge environne
Les sages travailleurs !

De ce pur diadème,
Ornez le noble front
Du campagnard qui sème,
Qui court vallée et mont

Pour enrichir la terre
Et chasser la misère
Quand les feuilles s'en vont !

Tressez une couronne, etc.

Vous immortels poètes
Qui charmez l'univers,
Soyez les interprètes
De nos vœux les plus chers :
Chantez l'homme paisible
Que guide un cœur sensible
Dans ses travaux divers.

Que vos lyres résonnent
De sons harmonieux ;
Que vos voix mâles tonnnent
Sous les voûtes des cieux !

ORPHÉE ET LA PAIX

Vers lus au banquet des orphéonistes qui prenaient part au festival de Metz.

Enfin voici venu ce grand jour d'espérance,
Qu'appelaient tant de vœux spontanément émis;
Son soleil radieux sourit à l'alliance
Qu'accomplissait le chant sur le sol de la France,
Entre ses fiers enfants et nos voisins amis.

Quel transport nous saisit, quel charme en nous s'opère!
Quoi! nous ne savions pas que sous des cieux lointains

Des cœurs battaient pour nous et nous aimaient en frère
Marchant à notre insu sous la même bannière,
Mûs par les mêmes lois et chantant nos refrains !...

A toi gloire à jamais, ô divine harmonie !
Ton charme irrésistible a captivé nos cœurs ;
En suivant ton essor, cette foule infinie
De tes prêtres fervents sans tarder s'est unie
Pour fêter ton triomphe et chanter tes splendeurs !

Que j'aime à voir ainsi, dans une heureuse étreinte,
Les peuples tous marcher en étroite union ;
Ah ! que ce jour est grand et que cette heure est sainte
Où le préjugé tombe, où disparaît la feinte,
Où l'Aigle en paix repose à côté du Lion !...

Ah ! ce bruit du baiser vaut un cri de victoire :
Car ici le triomphe est un bonheur entier ;
Oui, la riante paix vaut mieux que toute gloire :
Jamais le deuil ne vient jeter son ombre noire
Où sa main tutélaire a planté l'olivier !...

Amis, cheminons donc vers cette nouvelle ère ;
Acclamons en tous lieux ses bienfaits abondants ;
Marchons, marchons toujours, sans regard en arrière,
Car l'univers nous suit dans la belle carrière
Qu'un généreux penser indiquait à nos chants !

Et maintenant debout et portons haut la tête ;
Levons la coupe pleine ensemble vers les cieux ;
Oui, que l'écho tressaille et, sous ce dôme en fête,
Ce que le cœur ressent qu'un long cri le répète :
Vive le chant choral et ses efforts heureux !

A MES AMIS

Vers en réponse d'une invitation au banquet annuel de la Société de Chant
de Diekirch (25 nov. 1860).

Que ne puis-je avec vous, amis insoucieux,
    Être aujourd'hui, durant ce jour heureux ;
Que ne puis-je, le soir, à la table servie,
    Suivre à mon tour l'appel qui m'y convie,
Partager la gaîté de vos rires bruyants,
    Mêler ma voix à vos aimables chants !
Puis, quand la sainte ardeur dans tous les cœurs pétille,
    Saisir la coupe où le *bon gris* scintille
Et, levant le breuvage alors vers tous les cieux,
    Pour le pays former mes humbles vœux!...

O regrets impuissants, volonté trois fois vaine !
    Car loin de vous un lourd devoir m'enchaîne...

Combien de fois, hélas! en proie à mes ennuis,
    Je regrettais les coteaux que j'ai fuis;
Je voulais m'élancer vers leur pente chérie,
    Vers ce beau ciel, le ciel de ma patrie!
Je repoussais de loin tout rêve mensonger;
    Je maudissais ce sol de l'étranger
Qui cependant un jour sut m'accueillir en frère,
    Qui garde encor les cendres de mon père !...
Puis le calme revint dans mon cœur agité...
    Assis au bord du sentier abrité,
Je m'adressais alors à la foule joyeuse
    Qui se pressait sur la route poudreuse;

Je demandais à tous des nouvelles de vous:
  Mon Dieu! qu'un mot m'était alors bien doux!...
Je priais les passants qu'attiraient vos campagnes
  De saluer en mon nom ces montagnes,
Ces fleuves argentins, ces vallons bienheureux,
  Ces frais vergers, ces bois mystérieux,
Et ces plaines sans fin à la moisson dorée
  Où s'écoulait ma jeunesse ignorée,
Où, dès mes tendres jours, le langage du cœur,
  La poésie, était mon seul bonheur!...

Et quand plus tard, un jour, votre noble bannière
  Vint jusqu'ici montrer sa face altière;
Quand je la vis ployer sous les plus doux fardeaux
  De frais bouquets, de fleurs et de rameaux;
Quand je la vis unie au drapeau de la France,
  Et ce symbole achever l'alliance!...

Enfin, mes chers amis, j'ai pu vous voir venir...
  Ah! chaque face avait un souvenir;
Chacun, à son insu, rappelait une histoire
  A mon esprit que guidait ma mémoire!...
Mais ces instants de joie étaient, hélas! si courts:
  Je ne vous vis que pendant peu de jours,
Et déjà vous alliez, sans connaître ma plainte,
  Vous dégager de ma trop faible étreinte!...
Pourtant vous nous laissiez, en partant, un espoir:
  C'était celui de bientôt vous revoir,
D'unir encor nos voix pour la saison fleurie:
  Au revoir donc pour le mois de Marie!...

SOUVENIR

Loin de ce froid soleil, de ces tristes campagnes,
Il est un doux pays, à l'air suave et pur,
Où tout en aspirant le parfum des montagnes
On y puise l'amour en de beaux yeux d'azur.

C'est là que le matin, éveillé dès l'aurore,
Le chasseur des rochers, le cœur rempli d'espoir,
Va planer sur l'abîme en le narguant encore
De son mâle regard, de son œil fier et noir.

C'est là que vers le soir la voix des flots soupire
Quand le nocher du lac leur chante ses amours,
Quand, par le clair de lune, un vieux castel se mire
Dans les limpides eaux où se baignent ses tours.

C'est là qu'au vert printemps l'immense bois confie
Aux brises de la nuit des torrents de senteur,
Que l'oiseau me chantait, au matin de ma vie,
Avec la liberté, le nom du Créateur !

C'est là qu'un doux baiser, sur des lèvres brûlantes,
Signait ce pacte cher, déchiré par le sort,
Quand sous de frais berceaux, aux heures enivrantes,
Nous épanchions nos cœurs qu'a séparés la mort...

Le cygne désolé, loin des rives chéries,
Triste comme un adieu, chante avant de mourir:
Ainsi ma voix éteinte appelle la patrie,
Le cœur tout agité de son doux souvenir !

———

PREMIER AMOUR

SÉRÉNADE

Si j'étais l'oiseau qui voltige
De branche en branche le matin,
Si j'avais le tendre prestige
De son babillage enfantin :
Je chanterais, quand se lève l'aurore,
Sous les tilleuls, dans ton heureux séjour ;
Et je viendrais, belle enfant que j'adore,
Toucher ton cœur par mes accents d'amour !

Si j'étais l'odorante herbette
Des prés qui viennent de fleurir ;
Quand, dans le jour, tu viens seulette
Sur la pelouse t'endormir ;
Je défendrais au papillon qui vole
De te troubler dans ton léger sommeil :
En t'ombrageant, ma gracieuse idole,
Je baiserais ton front pur et vermeil !

Si j'étais la fleurette blanche,
Dans ton jardin mystérieux,
Quand frémissante elle se penche
Sous ton souffle capricieux ;
Je t'enverrais de mon humble calice,
Pour te charmer, le parfum estival ;
Et je viendrais, pour un jour de délice,
M'évanouir sur ton sein virginal !

Si j'étais l'étoile qui brille
Et que de tes yeux tu poursuis ;
Si j'avais son feu qui scintille
Dans le sombre voile des cieux,
Je plongerais, de la voûte splendide,
Un rayon clair dans ton regard si doux ;
Et je fuirais dans ton âme limpide,
Quittant les cieux, de mon bonheur jaloux !

FRATERNITÉ

Chœur dédié à l'Orphéon de Metz

UNE VOIX

Nous voici réunis dans la meilleure entente,
A la table commune où coulent à pleins bords
Le vin de la Moselle et la bière écumante,
Dont le joyeux parfum provoque nos accords !
Eh bien ! mes chers amis, vidons avant ce verre
Et commençons ensuite un chant harmonieux
A la Fraternité qui nous unit sur terre,
Dans une douce étreinte, ici comme en tous lieux !

CHŒUR

Oui, que l'écho des régions célestes
Aille porter à la Fraternité
De nos accords les prémices modestes,
Et de nos cœurs l'hommage incontesté !

Oui, que nos chants, qu'un vent léger emporte,
Volent aussi vers des peuples lointains,
Où notre voix que Dieu rende plus forte
Puisse leur dire : Amis, la haine est morte :
Oublions donc et tendons-nous les mains !

Ah ! ce bonheur serait-il un vain rêve,
Ou bien, la haine, est-ce une loi pour nous ?
Non, non, amis ! à ces querelles, trêve,
Et nourissons des sentiments plus doux !
Enlaçons-nous dans une seule étreinte,
Pour oublier des guerres le malheur ;
Oui, désirons l'union grande et sainte,
Qui doit changer la douloureuse plainte
De l'univers en hymmes de bonheur !

UNE VOIX

Mes amis, buvons donc à ce projet sincère
    A l'avenir ramenant l'âge d'or ;
Du liquide divin dont la Moselle est fière,
    Venez remplir les verres jusqu'au bord !

CHŒUR

    Oui, que la paix dorénavant abrite
        L'étroit sentier que nous trace le sort ;
    Que l'avenir efface la limite
        Marquée un jour par l'erreur du plus fort !
En attendant, debout, levons encor le verre
Et buvons tous, amis, à ce futur bonheur,
A la Fraternité qui rajeunit la terre
De ses germes féconds, de son souffle vainqueur !

ÉLÉGIE

à Mlle ***

Enivre-moi d'un seul regard encore
De tes yeux noirs où je viens me mirer ;
Oh ! laisse-moi, de grâce, je t'implore,
Un dernier jour à tes pieds soupirer !

Auprès de toi j'oubliais la souffrance
Que le passé semait sur mon chemin ;
Tu me rendais un instant d'espérance :
Ne souffre pas qu'il soit sans lendemain !

Je t'aimes tant, tu m'aimais tant toi-même :
Oh ! crois-le moi, nos deux âmes sont sœurs !
Souris-moi donc ; dans ta lutte suprême,
Daigne écouter le cri puissant des cœurs !

Pour moi, le jour sans toi n'a plus de charmes...
Femme, partout ton image me suit !
Pour l'effacer, je n'aurais que des larmes,
Sans retrouver le bonheur qui me fuit !

Enivre-moi d'un seul regard encore
De tes yeux noirs où je viens me mirer ;
Oh ! laisse-moi, de grâce, je t'implore,
Un dernier jour à tes pieds soupirer !

ESPÉRANCE A GABRIELLE

Que ne puis-je essuyer la larme à ta paupière
Quand, seule, à mon insu, tu nourris les chagrins ;
Que ne puis-je épancher, dans ton âme si fière,
Mon ineffable amour allégeant tes liens !
Hélas ! avec l'aveu fuirait notre tendresse,
Tu me retirerais, au mot audacieux,
Cette belle amitié dont j'abuse sans cesse
En y mêlant l'ardeur de mes coupables vœux !

Que ne puis-je effacer, de ton front, le nuage
Qu'y forma le malheur depuis ce triste jour ;
Que ne puis-je avec toi fuir loin de ce rivage
Et te rendre la paix par mes baisers d'amour !
Hélas ! déjà ton œil d'un fier regard me glace...
Je vois s'évanouir, à sa noble lueur,
Le rêve mensonger qui flattait mon audace
Je les vois s'écrouler ces projets de bonheur !

Que ne puis-je emprunter à la douce Espérance
Sa flamme au reflet d'or qui sèche tous les pleurs ;
Son baume bienfaisant pour guérir ta souffrance,
Jusqu'au jour qui viendra réunir nos deux cœurs !...
Hélas ! depuis longtemps l'espoir a fui ton âme,
Et ce soupir trahit tes douloureux regrets !
Va, tiens donc tes serments au roi qui te réclame...
Loin de toi je mourrai de mes tourments secrets !

PÈLERIN

Dans un Éden immense,
L'homme, à seize ans, s'avance
D'un pas léger, en joyeux pèlerin ;
L'abeille qui bourdonne
Rejoignant son essaim,
En passant lui fredonne
Ce gracieux refrain :
Vive jeunesse exempte de chagrin !

Dans un jardin immense,
L'homme, à vingt ans, s'avance,
Déjà pensif, cherchant un vrai bonheur...
La rose qui lui livre
Son amoureuse odeur
De sa beauté l'enivre
En disant à son cœur :
Vive l'amour de la plus belle fleur !

Dans un désert immense,
Chancelant il s'avance,
Saisi du froid qu'apporta l'aquilon ;
Et l'obscure phalène
Jadis beau papillon,
Redit sa plainte vaine,
Regrettant le gazon :
Adieu jeunesse, amour, belle saison !

———

SONNET

Déjà la feuille morte erre dans la vallée,
Le pampre jaunissant n'a plus ses grappes d'or;
Sur la nature en deuil la mort s'est étalée,
Et le ruisseau se glace au souffle froid du nord.

Je nargue des coteaux la solitaire allée :
Jadis à ma misère insultait son trésor...
J'écoute satisfait cette plainte exhalée
Par l'oiseau qui reprend, affamé, son essor.

J'aime de l'ouragan l'effroyable harmonie,
Le soupir de la fleur pendant son agonie,
Le bruit de la cascade éveillant les échos....

Ah ! je vais endormir, à ce concert sauvage,
L'ennui qui dans mon cœur exerce son ravage...
Bercé par les torrents, je trouve le repos !

———

SUR DES BOUTS-RIMÉS

A Mlle M***, dans son rôle de Chérubin des *Noces de Figaro.*

Quand ainsi je te vois, pétillant de jeunesse,
Arracher, au public, tant de clameurs d'ivresse,
Tu deviens, à mes yeux, charmant petit bambin,
Un lutin gracieux plutôt qu'un Chérubin !

———

LA POLOGNE

France, écoute ta sœur, la Pologne éplorée :
Elle invoque ton aide et t'appelle des yeux...
Peux-tu la voir longtemps, victime torturée,
Se débattre et souffrir sous la main abhorrée
De tyrans ennemis des hommes et des cieux?...

Vois-tu ces Polonais, dans leur ardent courage,
Brandir, un contre cent, la faulx dans les combats?
Ils viennent en mourant secouer l'esclavage
Que font peser sur eux, dans leur jalouse rage,
Ces hordes d'égorgeurs qui se disent soldats!

Vois-tu ces jeunes gens se soulever en masse,
Quitter famille, étude, amis, en leur transport;
De l'exil au pays franchir le long espace,
Et, dignes rejetons d'une vaillante race,
Se livrer, sans regrets, en pâture à la mort?

Ont-ils dégénéré ces hommes dont la France
Compte tous les aïeux parmi ses vétérans?
Peut-on les regarder avec indifférence
Quand ils sont là, debout, tentant leur délivrance,
Ces femmes, ces vieillards, ces enfants de quinze ans!

Et la France oublitrait! Non, non, Pologne, espère :
Dans nos cœurs retentit ton cri de liberté!
Il ne faut qu'un signal, et, cherchant ta frontière,
La jeunesse française accourra toute entière
Pour venger avec toi la sainte humanité!

12 mars 1863.

———·———

UN HOMME D'ESPRIT

Thémis jugeait une affaire immorale.
Dans la foule compacte, avide de scandale,
L'on remarquait surtout les dames de l'endroit.
Monsieur le président, bon jusque dans son droit,
Conseille de partir à toute femme honnête...
Pas une ne bougea... Le juge plein d'esprit
Avec un fin sourire agitant la sonnette
　　Tranquillement reprit :
« Les *honnêtes* ayant obéi de la sorte,
　Huissier, mettez les *autres* à la porte ! »

METZ-LA-PUCELLE

HOMMAGE A M. LE GÉNÉRAL BOURBAKI

I

> Charles-Quint tenta vainement de re-
> prendre la ville de Metz ; la belle défense
> du duc François de Guise le força à lever
> le siége. Depuis lors, la ville acquit le
> surnom glorieux de LA PUCELLE qu'elle
> n'a point perdu depuis.
>
> *(Voyages en France, p. A. Tastu.)*

Jadis rempart terrible
Durant l'adversité,
Aujourd'hui si paisible,
O Metz, noble cité !
A tout Français, Pucelle,
Tes souvenirs sont chers :
Ton enceinte fidèle,
Durant nos courts revers,
Défendit la Moselle
Contre tout l'univers !...

Te souviens-tu, Français, du deuil de ta patrie,
Quand l'étranger vainqueur, sur sa terre meurtrie,
Vint venger les affronts des combats précédents ?...
Devant les légions des Germains triomphants,

Reculaient, pas à pas, écrasés par le nombre,
Nos braves éprouvés... Sur notre France, une ombre,
Un linceul, s'étendait du Rhône jusqu'au Rhin ;
Le glaive, le canon, le lugubre tocsin,
Le râle qu'aux blessés arrachait l'agonie,
Des tambours, des clairons, la sauvage harmonie,
L'horrible écroulement des murs escaladés,
Des malédictions les accents saccadés,
S'unissaient pour la France en des concerts funèbres ;
Puis, le soir, l'incendie éclairait les ténèbres !...
Rien ne résistait plus... Lutèce frémissait
Sous le joug abhorré qui déjà l'oppressait ;
Les villes, les cités, les fières forteresses,
Livraient l'une après l'autre, aux hordes vengeresses,
Et tours, et bastions, et remparts, et créneaux,
Les palais somptueux, les riches arsenaux ;
Et le foyer sacré qu'avaient bâti nos pères
Ouït de l'ennemi les insultes amères !...

. . . .

Metz, tu restas debout !... Devant tes vieux remparts,
L'étranger défila baissant ses étendards :
Il n'osait sous tes murs, enceinte redoutable !
Venir risquer encor un échec trop probable ;
Il s'était souvenu, n'y cherchant point d'accès,
Que le grand Charles-Quint y brisa ses succès ;
Il n'osait insulter peut-être à la mémoire
Du héros qu'ici même a trahi la Victoire !...

Il venait aussi, lui, ce géant d'autrefois,
        Mettre le pied sur notre plage...
        Déjà partout, sur son passage,
S'inclinait l'univers, les peuples et les rois
Tremblant obéissaient à ses sévères lois !...

Mais de son front le diadème
Regrettait le plus beau fleuron...
Cependant le vaste giron
De l'Empire étendait sa puissance suprême
Sur l'Allemagne, avec l'Espagne et la Bohême,
Et sur les Pays-Bas régnait son pavillon
Que redoutait l'Italie elle-même...

Seuls les Français encore, en peuple courageux,
Opposaient au géant leur fière résistance :
Ils avaient ravi Metz au double aigle ombrageux,
Et contre l'Occident, dans ces jours orageux,
Eut alors à lutter la France !...
. . . .

Comme un tyran jaloux d'un harem somptueux,
Qui — voyant le matin qu'une esclave rebelle
Avait fui, pure encor, son toit voluptueux,
Et que celle-là fut de toutes la plus belle —
Sème sur son chemin le feu, le sang et l'or,
Et foule tout aux pieds pour ravoir son trésor :
Ainsi de Charles-Quint la voix retentissante
Ébranla tout à coup l'Europe frémissante ;
Et cent mille guerriers, à ce signal, soudain
S'élancèrent déjà, ne soufflant que vengeance,
Pour changer en terreur le superbe dédain
Que sur la tyrannie osa jeter la France !...
. . . .

Que sont-ils devenus, ces milliers de soldats
Qui, vomis sur nos bords, provoquaient les combats?
. . . .

Là-bas, aux pieds de la Pucelle altière,
Leurs os blanchis roulent dans la poussière !...

Jadis rempart terrible,
Durant l'adversité,
Aujourd'hui si paisible,
O Metz, noble cité !
A tout Français, Pucelle,
Tes souvenirs sont chers :
Ton enceinte fidèle,
Durant nos courts revers
Défendit la Moselle
Contre tout l'univers !...

II

> ... On n'aperçoit que vergers fleuris,
> collines boisées ou coteaux couverts de
> vignes, prairies baignées par les eaux
> claires et vives.
>
> (*Voyages en France*, p. A. Tastu.)

Au pied de ton enceinte,
Le fleuve avec amour,
Dans une intime étreinte,
T'enrichit chaque jour :
Son onde belle et pure
Se répand dans tes ports ;
Tout bas son doux murmure
Appelle sur tes bords
La Paix dont la main sûre
Doit guider tes efforts !...

Le temps s'est écoulé, les guerres sont passées;
Du carnage cruel les mains se sont lassées :
Tous les cœurs soupiraient après la douce Paix...
Elle revint enfin : prodigue de bienfaits
Et, versant sous nos pas sa corne d'abandance,
Elle sécha les pleurs et releva la France...
Les plaines que jadis jonchèrent les mourants
Retentirent bientôt de rires et de chants;
De la terre le soc entr'ouvrait les entrailles,
Et les épis couvraient les débris des mitrailles.
Le lit où notre fleuve, en rapide torrent,
Roulait, pour la défense, un rempart transparent
Reprit son air joyeux, en berçant la nacelle
Du pêcheur que nourrit le sein de la Moselle;
Là-bas, au pied du mont, derrière un champ de lin,
Le courant maintenant fait chanter le moulin,
Plus loin, impétueux, bondit sur les usines,
Puis, calmé dans son cours, abreuve les racines
Du pampre verdoyant qui borde le sentier...
Au fond de l'horizon, à l'immense chantier
Qui s'étend puissamment aux abords de la plage,
La Moselle, en suivant le chemin de halage,
Amène les produits fournis par l'étranger,
Que contre nos trésors il s'en vient échanger...

Notre Moselle ainsi, dans la paix, dans la guerre,
Est de son beau pays la garde tutélaire ;
Ainsi son cours sacré, roulant vers l'avenir,
Efface du passé le triste souvenir!...

    Au pied de ton enceinte,
    Le fleuve avec amour,
    Dans une intime étreinte,
    T'enrichit chaque jour :

Son onde belle et pure
Se répand dans tes ports ;
Tout bas son doux murmure
Appelle sur tes bords
La Paix, dont la main sûre
Doit guider tes efforts !...

LA CHUTE DE L'HOMME

I

Le soleil du printemps se levait, radieux,
Sur le vallon d'Éden ; l'azur serein des cieux,
Que n'avaient point encor troublé les noirs orages,
A l'univers charmé se montrait sans nuages,
Les gouttes de rosée au front de chaque fleur
Étaient sans doute autant de larmes de bonheur
Par la nature entière à son réveil versées ;
Sur les branches en fleur par la brise bercées,
Les oiseaux frétillants mêlaient leur mille voix ;
Les tigres, les lions, ces souverains des bois,
Étaient couchés en paix près de l'agneau timide ;
Le cygne éblouissant, dans son domaine humide,
Entonnait, recueilli, son hymne du matin ;
Tout priait, adorait et bénissait la main
Qui prodiguait sans cesse à tous leur nourriture,
Qui donnait son éclat à l'immense nature...

Seul, Adam, à l'écart, n'élevait plus la voix
Qu'en murmurant, hélas ! contre les grandes lois
Dont le Maître des cieux, dans sa bonté de père
Et dans sa prévoyance avait doté la terre...

II

LA VOIX DE DIEU

Adam, Adam, pourquoi sur la terre étendu,
Attendre qu'à tes yeux le sommeil soit rendu ?
Pourquoi profanes-tu cet Éden par tes plaintes
Qui troublent les échos de ces collines saintes ?
Ingrat, n'avais-je pas, pour charmer ton séjour,
Épuisé mon génie et mon divin amour !
Que te faut-il encor dans cette riche plaine ?
Je n'y refusais rien à ta nature humaine :
Je disais au matin de charmer ton réveil
Par le chant des oiseaux, par le reflet vermeil
De l'aurore inondant ta couche moëlleuse ;
Des arbres je chargeais la cime vigoureuse
De fruits au doux aspect ; je guidais les ruisseaux
Dans leur course rieuse à travers ces berceaux
Où brillent tant de fleurs, où flotte un doux arôme ;
De ces bois toujours verts le majestueux dôme
Appelle le zéphir au souffle pur et frais
Qui vient calmer ton front sous le feuillage épais ;
J'ai conduit à tes pieds, loin de son noir repaire,
Le lion des forêts, l'aigle quittant son aire,
En faisant reconnaître ainsi leur noble roi ;
Sur cette terre à tout je donnais un emploi
Pour suivre, jour et nuit, tous tes moindres caprices,
Et ton bonheur devait seul faire mes délices...
Mais je le vois, ingrat, je n'ai pu réussir,
Car chaque aube t'amène encor quelque désir :

Et l'ai-je contenté, vient l'aurore nouvelle,
Et le murmure encor recommence avec elle.
Quand donc cesseras-tu, par ton cœur inconstant,
De lasser ma bonté, quand seras-tu content ?
Regarde autour de toi : tout est fait pour te plaire,
Pour charmer ton séjour ; ce riche sanctuaire
Reflète, à tes regards, la gloire de mes cieux ;
L'ange, dans son extase, élève, radieux,
Sa voix si pure et chante un hymne à ta demeure,
Et l'oiseau, dans son vol, pour l'écouter effleure
Les célestes lambris, foyer du chant divin,
Puis vient, à ton chevet, le redire au matin !
Mais seul tu restes froid quand toute créature
Fête de ses accents l'aspect de la nature ;
Et ce chef-d'œuvre, hélas ! de ma puissante main
Ne suffit déjà plus à ton esprit humain !
Pour chasser le chagrin, ingrat, qui te dévore
Pour fixer ton bonheur, que faut-il faire encore ?

ADAM

Hélas ! mon cœur est plein de larmes, de soupirs ;
Il se débat en vain contre tous ses désirs...
Je m'ennuie ainsi seul, unique de ma race ;
Je languis et péris, ainsi que, dans l'espace,
Pâlit le météore et s'éteint isolé !
Ah ! calme la douleur de mon cœur désolé !
Mon âme que ton souffle entre mes chairs arrête
Ne peut plus ainsi vivre : elle n'est pas complète,
Et quelque âme plus loin doit être ma moitié...
Ah ! Seigneur, conduis-moi vers elle par pitié !
Ne vois-je pas, le jour, l'heureuse tourterelle
S'unir au tourtereau qui gémirait sans elle ;

Ne vois-je pas le tigre et le lion puissants
Aux pieds de leur maîtresse étendus languissants !
Et moi je ne pourrais suivre l'appel de l'âme :
Seule elle n'aurait pas la sœur qu'elle réclame ?...

Seigneur, quand, le matin, l'oiseau module un chant,
Je le vois se porter, dans son amour touchant,
Vers sa compagne aimée ; alors leurs voix unies
T'adressent, Créateur, de longues harmonies ;
Puis, cet hymne suave au rhythme langoureux,
Prélude triomphal des baisers savoureux,
Se tait : sous la feuillée où les berça le rêve,
Leur poème ingénu c'est l'amour qui l'achève...
Moi je suis sans compagne et sans écho ma voix ;
Tout suit ta loi divine, ai-je donc moins de droits ?

LA VOIX DE DIEU

Ingrat, n'as-tu donc pas l'Espérance immortelle
Pour élever ton cœur vers la sphère éternelle
Où ta félicité serait près de ton Dieu ?
Tu pouvais oublier que ton âme, en ce lieu,
N'a point de loi commune aux autres créatures !
Je bornais le bonheur du bœuf à ses pâtures,
Et l'éphémère oiseau s'en va sans revenir :
Adam, en toi j'ai mis le vivant souvenir
Qui doit te rappeler ta plus noble origine
Et le futur séjour que ton Dieu te destine...
Ah ! si tu comprenais, dans ta trop faible foi ;
Si tes yeux, un instant, à ton immense effroi,
Pouvaient tout embrasser ce que ta voix appelle !
Je vois des flots de fiel que l'avenir recèle,

Et toi, faible insensé, loin d'en barrer le cours,
Tu vas à leur rencontre et t'y perds pour toujours !
Tu veux donc que ton âme, ici-bas enchaînée,
Soit par la chair toujours à l'erreur entraînée ?
Mais bientôt, souviens-t'en, le terrible réveil
Secouera de tes yeux cet imprudent sommeil,
Et, sous tes pas ouvert, un abîme insondable
Vomira contre toi la mort impitoyable !...

Lentement, à ces mots, le Souffle créateur
Vint effleurer l'Éden frémissant de bonheur...

Que voit Adam alors, ô miracle sublime !
Le sol se transfigure et lentement s'anime...

Il jette un cri suprême où l'admiration
Subitement se change en adoration !

A ses yeux éblouis, Ève apparaît, cette Ève
Qui vient de son amour réaliser le rêve !...

III

ADAM

O prodige ! du ciel un ange est descendu :
   A son aspect, le bonheur m'est rendu !...

. . . .

Sois donc bénie, ô toi qui viens sur cette terre
Pour chasser du regard la douleur solitaire
De celui qui vers toi tend ses bras languissants !
Vois-tu ces pleurs heureux découler de ma face ?...
J'oublie, à tes genoux qu'ivre d'amour j'enlace,
  Du temps passé les soupirs impuissants !...

ÉVE

  Qui suis-je ? où suis-je ? Ah ! quelle flamme immense
Jaillit, de cette source où l'infini commence,
Sur moi la créature au seuil de mon néant !
J'aspire le penser ; mon âme tout entière
Déjà cherche à saisir ce lumineux mystère
Où la retient captive une main de géant !

Quel est le nom si doux que m'apprend la nature
Dans chaque accent d'amour de toute créature,
Des superbes oiseaux jusqu'aux plus humbles vers ?
Dans cet Éden en fleur où, tremblante et ravie,
Je viens de m'éveiller au soleil, à la vie,
Tout chante : Gloire à Dieu qui régit l'univers !

Adam, relève-toi : je ne suis point un ange !
Portée auprès de toi par son destin étrange,
Mon âme de la tienne est l'amoureuse sœur !
L'intarissable feu que ta bouche révèle
Lentement me dévore ; une seule étincelle
  En a suffi pour embraser mon cœur !

. . . .

ADAM

Ah ! parle-moi toujours; que ta lèvre vermeille
Par ses beaux chants d'amour en mon âme réveille
L'espoir et le bonheur si longtemps engourdis !
Au souffle de ta bouche, à ton divin sourire,
Mon cœur est réchauffé jusqu'au brûlant délire ;
Le ciel et l'univers me semblent embellis !

O ravissant Amour à la flamme immortelle,
Daigne jeter sur moi les rayons de ton aile !
Oh ! viens, sois de mon cœur l'immense volupté !
Ton baiser savoureux effacera l'empreinte
Des larmes du passé ; son enivrante étreinte
    Est l'avant-goût de l'immortalité !

IV

La colère de Dieu souffla sur la vallée
Où, loin du Paradis, proscrite et désolée,
Sur des chemins maudits errait l'humanité.
Regrettant, mais trop tard, leur folle vanité,
Ils pleuraient ces beaux jours de calme et d'innocence,
Et la paix qu'autrefois donnait l'obéissance !
Dans leur douleur cuisante, ils étendaient les bras
Vers leur bonheur enfui qui ne revenait pas ;
Vers ce soleil voilé par de sombres orages,
Vers l'Orient lointain aux séduisants rivages...

Puis, arrosant de pleurs les ronces du désert
Et repassant soudain tout le malheur souffert,
Ils murmuraient tout bas : N'est-ce donc pas un rêve
Que le sombre remords dans nos âmes soulève?...
Réalité terrible!... O nuits de l'avenir,
Éteignez sans retour ce brûlant souvenir!...

L'ANGE

Vous qui, par votre crime, excitiez la colère
De Celui qui jadis fut votre tendre père ;
Vous que l'ingratitude et le terrestre orgueil
Avaient fait trébucher dans un funeste écueil ;
Vous qui, faibles mortels, pour une joie impure,
Abdiquiez lâchement votre grandeur future,
Hommes, vos œuvres sont maudites du Seigneur,
Et vous les expierez sous le poids du malheur!...

Adam, toi dont les yeux rivés sur cette terre
N'avaient pu s'élever, d'un élan salutaire,
Vers Dieu, ton Créateur, ton maître paternel,
Qui t'offrait, près de lui, le bonheur éternel ;
Dorénavant stérile, Adam, cette nature
Exigera, pour prix d'une humble nourriture,
Le travail de tes mains, la sueur de ton front ;
Les animaux des bois qui toujours te fuiront,
Depuis que tu perdis l'éclat de ta noblesse,
Étonnés avaient vu ta lascive faiblesse,
Et secouant ton joug, t'abandonnant soudain,
Ils n'auront plus pour toi que leur haineux dédain!

Du Seigneur, Ève, écoute envers toi la sentence :
Tu provoquais sans foi de l'homme l'imprudence,

Tu dois, pour éprouver son amer repentir,
Voir ma colère aussi sur toi s'appesantir !
L'homme que ton conseil en son printemps déprave
En revanche de toi fera sa triste esclave ;
Tu donneras le jour, avec peine et douleurs,
Aux enfants nés de toi, grandissant dans les pleurs ;
Tu verras ton aîné, envieux et coupable,
Poursuivre le meilleur de sa haine implacable,
Jusqu'à ce que le sol boive le sang versé
Du cœur de ton enfant par son frère percé !
T'abandonnant alors, le premier fratricide
Portera ses remords dans le désert aride ;
Mais vainement son pas voudrait là m'éviter :
Contre la main de Dieu rien ne peut l'abriter.
Alors, de la douleur passant à la colère,
Il maudira le jour que lui donna sa mère,
Demandant à la mort d'ouvrir son tombeau noir,
Pour l'engloutir enfin avec son désespoir !

D'autres enfants après, prolongeant votre race,
Viendront de vos péchés perpétuer la trace ;
Du vice presque tous choisiront le chemin,
Sans que mon anathème y puisse mettre un frein...
Nés dans l'impureté des plaisirs de ce monde,
Ils auront pour instinct la jouissance immonde ;
Ils ne voudront pour guide, au bord de leur tombeau,
Rien que des passions le sinistre flambeau !
Alors, au milieu d'eux surgiront les prophètes,
Dont les sévères voix viendront troubler leurs fêtes :
Cependant peu, hélas ! peu les écouteront...
Mais malheur à celui qui, le blasphème au front,
Se riant des vertus au sein de la mollesse,
S'endormira bercé dans son oisive ivresse :
Il vaudrait mieux pour lui qu'il n'eût point vu le jour !
L'éternité suivra ce passager séjour :

Alors, humiliant les puissants de la terre,
Accablant leurs forfaits du poids de sa colère,
Dieu ne s'arrêtera pas devant leurs grandeurs,
Et ses regards de juge ébranleront leurs cœurs !...

Mais des déshérités Dieu comptera les larmes
Quand opprimés, proscrits, le cœur rempli d'alarmes,
Vers le ciel ils tendront, en suppliant, la main
Que repoussait sans cesse un avare prochain !
Leur dénûment muet et leur misère immense
Toucheront du Seigneur l'ineffable clémence :
Un jour le pauvre alors, à son amour rendu,
Au ciel retrouvera le Paradis perdu !

MOREAU

LE POÈTE-OUVRIER

I

Le jeune mois de mai ravivait les campagnes ;
Les vallons envoyaient leurs parfums aux montagnes ;
Dans la prairie en fleur, les enfants par essaims
Chantaient, dansaient en rond, se tenant par les mains,
Pendant que leurs parents, qui venaient les conduire,
De loin dans les sentiers épiaient leur sourire
Et pâlissaient parfois, craignant un accident,
Quand trop près du ruisseau courait un imprudent...
La forêt se parait de sa jeune feuillée ;
La brise époussetait, en jouant, chaque allée ;
Alors, parmi les fleurs, les vierges au front pur
Pensives recherchaient une étoile d'azur ;
Tandis que quelque amant, au tronc du sycomore,
Confiait tendrement : Laurence, je t'adore !...

Et ce riant tableau qu'inondait le soleil
Avait pour cadre immense un ciel pur et vermeil...

II

Viens, ô ma muse, fuis cet aspect qui t'enivre :
Dans la ville, plus loin, je t'invite à me suivre ;
Laissons la large rue et la riche maison...
Entrons là-bas, vois-tu ?... Pourquoi donc ce frisson ?
Oh ! viens, entre sans peur, car cette humble chaumière
N'a point d'autre habitant qu'un enfant et sa mère...
Le père... hélas ! jamais, à ce nom tendre et doux,
L'enfant ne souriait : sa mère est sans époux ;
Ni loi, ni prêtre, n'ont béni cette demeure...
La chambre est triste et nue ; un petit enfant pleure
Dans un coin de ce bouge, et sa chétive main
Vers sa mère est tendue... hélas ! il pleure en vain ;
Elle ne l'entend pas... sur lui point de caresse
Ne descend de la mère exprimer la tendresse...

O ciel clément ! sa bouche a murmuré tout bas
Quelques mots ténébreux que Dieu n'entende pas...
Puis une larme vient, sur sa figure blême,
Demander au Seigneur pardon pour ce blasphème !

Silence ! elle reparle, et son œil sans courroux
Attache sur l'enfant un regard triste et doux...

« Pauvre petit qui sens de la misère
» Déjà l'étreinte en sortant du berceau,
» Oh ! calme toi, par pitié pour ta mère...
» Tiens, prends ce pain, c'est le dernier morceau !

» Je le cachais ; hélas, il devait être
» Le seul repas qui restait pour demain...
» Tiens, prends-le donc... ô Seigneur ! et peut-être
» A ton réveil tu pleureras en vain !

» Qu'il est heureux cet oiseau de la plaine :
» Il peut calmer sa faim dans tous les champs !
» Ah ! que j'envie à la brebis la laine
» Qu'elle secoue aux brises du printemps !

» J'entends d'ici, sur la verte pelouse
» Tous les enfants s'enivrer de gaîté ;
» De leur bonheur, mère, je suis jalouse :
» Mon pauvre enfant ne l'a jamais goûté !...

» Bien à regret je te donnais la vie :
» Tu ne venais qu'augmenter mes douleurs...
» Combien de fois, à la source appauvrie
» De mes deux seins tu n'as bu que mes pleurs !

» Ah ! je le sens, lentement je succombe,
» Ma vie, hélas ! coule vers son déclin...
» Qui t'aimera quand l'herbe de ma tombe
» Séparera la mère et l'orphelin !...

. . . .

Les sanglots étouffaient ces accents du délire...
Sur sa face amaigrie alors on pouvait lire
Le dégoût de la vie et l'amour maternel
Se livrer longuement un combat solennel...
L'enfant a-t-il compris ? Lui seul et puis son ange
L'ont su... Mais dans, ses yeux, quelle lueur étrange ?

III

Bien du temps s'écoula. Deux beaux esprits, un jour,
Se rencontrèrent: Tiens, c'est vous, marquis? Bonjour!
—Ah! c'est monsieur le comte! (Et puis des révérences
A fatiguer le dos d'un bon maître de danses.)

LE COMTE

. Cette chère santé?

LE MARQUIS

Pas mal! Et vous?

LE COMTE

Merci!

LE MARQUIS

Sans indiscrétion, où couriez-vous ainsi?

LE COMTE

Moi? Nulle part! Je flâne en fumant mon cigare...
Et vous, de vos moments êtes-vous plus avare?

LE MARQUIS

Je viens de déjeuner; il est près de midi...
Je suis à vous, monsieur, jusqu'au dîner.

LE COMTE

C'est dit!

LE MARQUIS

A propos, mon cher comte, et ces stances exquises
Dont vous êtes l'auteur... je veux dire *Les Brises ?*
Certes, voilà des vers assurés du succès
Partout où l'harmonie encore a de l'accès !

LE COMTE

De grâce ! cher marquis, mon mérite est infime :
J'ai mis trop peu de soins à cette œuvre... la rime
Y laisse à désirer ; j'ai passé plusieurs fois.
La jambe à la césure ; un hiatus, je crois,
A su même échapper à ma plume lancée
Qui toujours est trop vive à rendre ma pensée...
Trêve de poésie !... Eh ! rien n'est plus commun
Que de versifier : de notre temps, chacun
Tant bien que mal s'en mêle ; on n'en a plus que faire.
Encore ce matin, passant chez mon libraire,
J'entends préconiser certain... Moreau, je crois —
Ouvrier-imprimeur et poète à la fois —
Lequel, pour se soustraire au travail qui le gêne,
Allume une lanterne, invoque *Diogène* [*],
Et cherche, au lieu d'un homme, un moyen inédit
Pour, sans souiller ses mains, vivre de son crédit !...
Eh bien ! et ce manant deviendra populaire :
Car il est, m'a-t-on dit, révolutionnaire !

LE MARQUIS

Triste temps que le nôtre ! Heureusement pour nous,
Le peuple est tant soit peu chiche de ses gros sous,
Et jamais l'on n'a vu, regardez en arrière,
Le poète enrichi par la gent roturière !...

. . . .

[*] *Diogène,* premier ouvrage d'Hégésippe Moreau, imprimé en 1833 à Provins.

IV

La rue était déserte et le ciel était noir ;
Le gaz baissait sa flamme à la bise du soir ;
Lugubres, dans les airs, sifflaient les girouettes
Qui faisaient, en grinçant, leurs mille pirouettes...
La neige s'abattait tristement sur les toits...
Dans les maisons hurlait des vents l'affreuse voix...

Heureux alors celui qu'un coin de cheminée
Attendait au logis, sa tâche terminée !...
. . . .
. . . .

La mansarde est humide et l'âtre sans chaleur ;
Une lampe l'enfume, et sa faible lueur
Éclaire des papiers étalés sur la table
Où travaille Moreau. La misère intraitable
L'assiége ; à son front pâle elle a déjà prêté
Les rides du vieillard ; plus rien de la gaîté
Qui jadis avec grâce animait son sourire...
Dans ses grands yeux cerclés, la noble flamme expire,
Et, sur son front plissé, la mèche de cheveux
Est plus grise que noire... un tremblement nerveux
Agite le poète, et sa brûlante lèvre
Est noircie au contact d'une incurable fièvre...

Il dépose sa plume, et ses regards mourants
Dans l'étroite mansarde errent quelques instants...

Puis dans ses yeux jaillit un éclair d'amertume,
Et, soufflant dans ses doigts, il ressaisit la plume.

Mais il s'arrête encor... Qu'a-t-il?... Sa main frémit...
Sa plume tombe... ô ciel!... Sourdement il gémit...
Sa tête en feu soudain se rejette en arrière,
Et sa raison s'éteint avec ces mots : Ma mère!...
. . . .

La flamme sur la lampe affaiblit sa lueur...
. . . .

Lentement il revient; une froide sueur
Baigne encore son front où plane l'agonie...
Rouvrant alors ses yeux où s'éteint le génie,
Il se lève et, tremblant, il cherche autour de lui
Quelque fantôme aimé qui déjà s'est enfui...

« Ma mère... où donc es-tu? Parle-moi donc, ma mère!
» Mes yeux sont obscurcis par la souffrance amère...
» Je ne puis pas te voir... viens, je t'ouvre mes bras...
» Je suis ton fils toujours qui ne t'oubliait pas !...
» Tu m'apportes du pain peut-être?... Donne vite !...
» J'ai faim, bien faim, ma mère! O ciel! ta main m'évite,
» Tu ne me connais plus... je t'inspire l'effroi !...
» Oh! viens donc sur ton cœur me réchauffer..j'ai froid!
. . . .

Les bras étendus vers l'espace qui le raille,
Il s'élance... son front va frapper la muraille...

Étourdi par le choc, il chancelle un moment,
Puis s'affaisse sur lui, meurtri, sans mouvement. .

. . . .

La flamme de la lampe en ce moment expire...
La bise sur les toits étrangement soupire...
L'horloge de la tour vient annoncer minuit.

. . . .

. . . .

De son rêve mortel éveillé par ce bruit,
Tel qu'un spectre glacé, se lève le poëte...
Une fébrile ardeur soutient sa pâle tête...
Contre le mur alors de ses bras s'appuyant,
Moreau se tient debout, le regard effrayant,
Et sa voix altérée, à cette heure suprême,
Contre le monde entier lance cet anathème :

« Ah ! je dois donc mourir... mourir abandonné
» Par tous ces faux amis qui m'ont environné,
» Tourbe au succès toujours prête à faire cortége !
» Je vais mourir de faim... ô triste privilége
» Au poëte, au rêveur, par le sort réservé !...

» Cependant, ici-bas, tout être est préservé
» Par le doigt du destin de cette mort affreuse,
» Depuis le ver mordant la fange ténébreuse
» Jusques au courtisan que nourrissent les rois !

» Et moi qui pouvais voir les riches tant de fois,
» Aux festins somptueux se vautrer dans l'orgie,
» Je n'ai, pour prolonger de quelques jours ma vie,
» Pas même les restants que dédaignent les chiens !...

» De quel droit vivez-vous, fiers épicuriens,
» Ivres de voluptés et pétris d'ignorance,
» Tandis que le poëte, accablé de souffrance,
» Meurt de froid et de faim au seuil de vos palais ?...

» Ah ! si j'étais venu, parmi vos vils laquais,
» Flatter la vanité de vos tristes rancunes ;
» Si j'avais pu railler les nobles infortunes
» Des peuples délaissés, vous m'auriez soutenu !.

» Et me voyant venir alors, malade et nu,
» Vous ne m'auriez pas dit, vous bouchant les oreilles,
» De brûler mes chansons, ces enfants de mes veilles,
» Et de reprendre encor mon métier d'autrefois !

» Vous ne m'auriez point dit : Bâtard au ban des lois,
» Qui t'a dit de juger nos grandeurs séculaires?
» Bohême sans aïeux, tes pamphlets populaires
» N'arriveront jamais à la postérité !...

» Je m'adressai longtemps à votre charité
» En faveur d'un grand peuple et de sa sainte cause;
» Je frondai vos erreurs: ma muse à peine éclose
» N'avait pas d'autre haine à ses premiers débuts...

» Et Dieu qui m'inspirait pouvait voir les rebuts
» Dont votre amer dédain accablait mes prières :
» Il lèvera son bras, et vos têtes altières
» Se courberont encor devant ses grandes lois !... »

. . . .

Une toux violente entrecoupe sa voix ;
Mais bientôt il reprend, inspiré, la parole :

« Mon âme était semblable à la harpe d'Éole,
» Qui ne vibre qu'au gré du céleste zéphir ;
» Jamais, un seul instant, mon caprice frivole
» N'osait impunément tenter de l'asservir !
» Car elle portait haut — fuyant la flatterie —
» L'amour, la liberté, l'honneur et la patrie !

» Je suis le vrai poète, élève du malheur ;
» Il m'arrachait, enfant, aux baisers de ma mère,
» Et, m'abreuvant longtemps de son âpre douleur,
» Il m'apprit à chanter, au sein de la misère,
» L'immense dénûment de l'ouvrier mon frère !

» Je lui vouai mes chants en dépit des railleurs ;
» J'applaudis à mon tour à la noble utopie
» Qui voulait alléger votre sort, travailleurs...
» Hélas ! au lit de mort cruellement j'expie
» Abandonné par vous, cet espoir de ma vie !...

» Si vous m'aviez gardé quelque doux souvenir,
» Après m'avoir perdu ma riche destinée ;
» Après avoir, ingrats, immolé l'avenir
» Qu'à mon cœur promettait son espérance innée !...
» Mais vous avez foulé la fleur déracinée !...

. . . .

. . . .

» Qu'elle est loin ma jeunesse, hélas ! et ses beaux jours,
» Ses mensonges si doux et ses rêves d'amours !...
» Que je voudrais encor, secouant l'agonie,
» M'enivrer, un printemps, de soleil et de vie,
» Courir, comme l'enfant, à travers les sillons,
» Suivre, ébloui, des yeux les brillants papillons !...
» Que je voudrais, mon Dieu ! loin de la froide tombe,
» Entendre dans les bois murmurer la colombe,
» Voir dans les airs nager l'insecte à l'aile d'or,
» Respirer chaque fleur, un jour, un seul, encor !...
» Ah ! que j'étais heureux quand, jeune, frais, agile,
» Je pouvais, sans soucis, m'enfuir loin de la ville,
» Folâtrer dans les champs, éviter le chemin
» D'où m'arrivait le bruit de quelque pas humain !

» Qui dira les pensers de mon âme enfantine,
» Quand je vis, au buisson, se pencher l'églantine,
» Le poirier secouer ses tourbillons de fleurs,
» Les gazons scintiller de perles et de pleurs,
» Quand j'entendis les airs se remplir d'harmonie !...

» O regrets impuissants, pourquoi votre ironie ?...
» Arrière, souvenir ! respecte mon malheur :
» J'ai dans l'âme la vie et la mort dans le cœur !... »

. . . .

De sa main décharnée, il serre sa poitrine
Où ronge sourdement le ver de la famine...
Sa volonté combat, de son dernier effort,
L'hallucination qui présage la mort :

« Plus d'espoir, c'en est fait de ma triste existence !...
» Seigneur, à tes arrêts, ma vaine résistance
» Ne pourra rien changer ; je veux donc, résigné,
» Accepter le destin qui me fut assigné !

» Je veux, pour mes amis, en mon heure dernière,
» Vers le ciel envoyer ma suprême prière...
» Qu'il leur rende cent fois, dans sa puissance, un jour,
» Le bien dont m'a comblé leur fraternel amour !...

» Je veux mourir en paix en abjurant la haine
» De mon cœur torturé par l'injustice humaine ;
» Que mon pardon efface, au jour du jugement,
» De tous mes ennemis le triste aveuglement !...

» Maintenant, ô Seigneur, daigne abréger cette heure !
» Mon âme veut quitter sa caduque demeure
» Et reprendre l'essor vers les cieux étoilés !
» Que, loin de la souffrance, à mes yeux dévoilés,

» Apparaisse un bonheur que n'avait pas la terre,
» Tandis que, sur ma tombe, une muette pierre
» Cache jusqu'à mon nom au regard du passant!... »

. . . .

. . . .

Enfin la Charité venait, au jour naissant,
Visiter la demeure où gisait, pâle, inerte,
Le martyr du penser... Après la découverte,
On le portait en hâte au plus proche hôpital...

Hélas ! c'était en vain : car, d'un signe fatal,
La mort avait marqué cette noble victime...

. . . .

La semaine suivante, un cortége anonyme
Portait, silencieux, un cercueil au tombeau...
Ils étaient quatre en tout, sans prêtre ni flambeau.

ÉPILOGUE

Dans le grand cimetière appelé Montparnasse,
Le visiteur distrait souvent par hasard passe
Devant certain tombeau du plus modeste aspect ;
Il foule le gazon du tertre sans respect,
Pour pouvoir déchiffrer, sur une croix paisible,
Le nom MOREAU qui reste à peine encor lisible ;
Puis — sans même songer, pendant un seul moment,
Qu'un grand poète gît à cet emplacement —

Il s'en vient en extase admirer la structure
D'un riche monument, chef-d'œuvre de sculpture,
Qu'à quelques pas de là, sur les os d'un rentier,
Fit en marbre construire un heureux héritier...

Je respecte les morts,.. c'est un triste courage
Que d'oser à leur cendre infliger un outrage...
Je détourne les yeux, dès lors, sans m'indigner
Des éloges menteurs qu'on a fait alligner
En lettres d'or sur tel orgueilleux mausolée...

Et je prie, à genoux, sur ta tombe isolée,
Infortuné poète !...

     Oh! oui j'ai bien souvent
Relu de tes malheurs le récit émouvant
Et pleuré sur ton sort, ô divin prolétaire !...
Si je t'avais connu, quand, triste et solitaire,
Tu végétais, Moreau, sans ami, sans soutien,
J'aurais pieusement, mon bras serrant le tien,
Réchauffé sur mon cœur ta muette espérance
Et partagé mon pain avec ton indigence...
. . . .

Il est trop tard, hélas! Moreau n'existe plus !...
. . . .

Que peuvent maintenant les regrets superflus
D'un peuple d'écrivains exaltant sa mémoire?
Que lui fait le tardif hommage de l'histoire!...

Vous qui, depuis sa mort, le plaignîtes souvent,
Que ne l'assistiez-vous lorsqu'il était vivant?
Vous avez dû, jadis, le voir et le connaître :
Il était près de vous et sous vos yeux peut-être,

Et vous l'avez laissé froidement se mourir,
Sans l'entourer de soins et sans le secourir !...

Que répondrait la voix de votre conscience,
Si Dieu demandait compte, à votre insouciance,
Du brillant avenir qu'avait rêvé Moreau
Et que, par votre faute, étouffait le tombeau ?...

UN RÊVE

I

Le bois est sombre et noir, le ciel gros de nuages,
Et l'ouragan gémit, fouettant les orages
Qui viennent dérouler, planant sur le ravin,
Le courroux destructeur qu'ils cachent dans leur sein.
Là-bas où le sentier vient couper les broussailles,
La nuit de temps en temps entr'ouvre ses entrailles :
Alors un long éclair, égarant son rayon,
Inonde de son feu le jaunâtre gazon
Et les rameaux séchés qui pendent jusqu'à terre.
Les hiboux, effrayés de ce jet de lumière,
Vont, en sifflant de peur, s'enfouir dans les nuits,
Comme font, devant Dieu, les âmes des maudits !
A l'endroit où le bois plus sombre se resserre,
Où le hibou s'enfuit et le chat-huant erre,
Le regard en vain cherche un accès, un sentier,
A travers ce chaos que Dieu semble oublier...
Les sapins résineux, au bord des cataractes,
Ici bravent le ciel de leurs masses compactes
Dont le farouche aspect d'horreur ferait frémir
Et qu'en vain l'aquilon essairait de fléchir...
La brise ici jamais n'osait porter son aile,
Son souffle parfumé fuyait ce lieu rebelle
Que l'euphorbe a rempli de ses poisons rampants,
Pour nourrir de venin l'engeance des serpents,

"

Les crapauds dans la vase et la lente couleuvre :
Ce peuple dégoûtant que l'horreur met en œuvre,
Que l'enfer a vomi contre l'humanité,
Et que le ciel relègue en ce lieu redouté !...

II

Sous la roche béante, à l'aspect froid et sombre
Et dont le front saillant vient noircir encor l'ombre,
Un homme est accroupi tout prêt d'un feu mourant.
Une dernière flamme éclaire en s'éteignant
D'un sinistre rayon sa figure sauvage
Que le crime rida plutôt encor que l'âge :
Alors le malfaiteur la cache dans sa main
Et la laisse glisser lentement sur son sein...
Qu'a-t-il? Redoute-t-il les juges de ce monde,
Ou bien la voix de Dieu qui dans l'orage gronde
Sur ce domaine impur dont lui seul est le roi
Et que depuis dix ans il entoure d'effroi ?
Est-ce un crime nouveau peut-être qu'il médite ?
Est-ce la soif du sang qui l'anime et l'agite,
Et remplit son cerveau d'enivrantes horreurs ?
Non, car son œil est doux : il est rempli de pleurs...

« O Dieu, que j'ai cru fuir dans ce repaire aride,
Quand ma vengeance un jour, d'un sang coupable avide,
M'a proscrit, m'a banni loin de mon toit natal
Où je vivais heureux avant ce jour fatal;
Ton regard m'a suivi, ton bras a su m'atteindre,
Et le cri de douleur de ma victime en sang,
En éternel écho que rien ne peut éteindre,
De ce roc formidable a pénétré le flanc !

» Et moi, pauvre insensé, j'ai cru laver mon crime
Par le triste abandon de mon bonheur sublime,
Par ce cruel exil d'un Éden enchanté,
Où je n'ai pu cueillir quand ma main a planté ;
Ah ! j'avais cru (mon Dieu, pardonne ce blasphème !)
Aveugler la justice... inutiles efforts !
Car je n'ai jamais pu, dans ma lutte suprême,
Perdre ce souvenir et calmer mes remords !

» J'aimais Marguerita, la fleur de la montagne,
Seigneur, tu la choisis un jour pour ma compagne
En bénissant l'amour, ce feu follet trompeur,
Qui brûlait tel qu'un phare en mon paisible cœur...
Mais pourquoi permis-tu, Seigneur, à cet infâme
De toucher au seul bien qu'avait ma pauvreté ;
De fouler à ses pieds tout ce qu'alors mon âme
Avait de douce paix et de félicité ?

» Pourquoi donnais-tu donc la larme à ma paupière,
Pourquoi remplissais-tu de fiel et de colère
Mon cœur encore chaud du souffle de l'espoir,
Où règne maintenant le sombre désespoir ?
Pourquoi l'étouffais-tu cette hymne printanière
Que ma voix murmurait avec l'oiseau des monts ?
Pourquoi vouloir, mon Dieu, que ma bouche profère,
Au lieu de ces accords, des malédictions ?

» Et puis quand, enivré de douleur et de rage,
Je n'avais qu'un penser : me venger de l'outrage ;
Quand, fuyant du soleil la sereine clarté,
Je guettais, patient et dans l'ombre écarté ;
Quand alors je frappais — ô volupté cruelle ! —
Vingt fois, sans écouter, le cœur de ce démon :
Où planaient tes regards, où veillait la prunelle,
Que ne me rendais-tu l'esprit et la raison ?...

Laisse à présent dormir, Seigneur, ta vigilance !
Oh ! laisse-moi m'enfuir, m'entourer de silence !
Est-ce un plaisir suprême et qui manque à tes cieux
D'écraser, ici-bas, l'atome malheureux ?...
Ah ! je crois le sentir, Être incompréhensible,
Dans la foudre qui tonne au-dessus de mon front,
Ta main déjà se lève, aux larmes insensible,
Et va m'anéantir sans pitié, sans pardon !... »

Ainsi le maudit pleure, et la terreur l'accable...
Mais le roc ténébreux, sous un choc effroyable,
Gémit, se fend, s'écroule... et l'homme et la forêt,
Le noir vallon, l'éclair, soudain tout disparaît.

C'était un rêve affreux opprimant ma poitrine...
Le soleil du matin, à travers la courtine,
Venait, en m'éveillant, dissiper mes effrois :
Ah ! que ce doux rayon fut béni mille fois !
C'était donc, m'écriai-je, une erreur, un mensonge,
Ce crime au long remords que je pleurais en songe...
Oh ! je n'étais donc pas ce coupable vieillard
Habitant ces ravins, ces marais, ce brouillard,
Ces sauvages fourrés au soleil froid et blême !
Non, non, j'étais encore auprès de ceux que j'aime,
Libre, joyeux et fier, plein de vie et d'élans,
Et l'avenir doré caressait mes vingt ans !

A L'AUTEUR DE METZ-LA-PUCELLE

De l'aigle un poète est l'image,
Quand vers les cieux il prend l'essor,
Qu'il cherche et brave le nuage
    D'où l'éclair sort.

S'il aime à chanter sur la terre,
Il est pareil au rossignol
Qui, dans le jour, avec mystère,
    Cache son vol...

Et qui, sous la voûte arrondie
Des bosquets de lilas en fleur,
Sait mettre dans sa mélodie
    Tout son bonheur.

De chanter c'est aussi ta joie
Pégase à tes vœux correspond ;
Au rêve divin qu'il t'envoie
    Un chant répond.

Comme cette harmonie ailée
Qui flotte légère en nos bois,
Comme l'écho de ma vallée,
    Douce est ta voix.

Dans tes vers un charme étincelle
Tes refrains nous les répétons ;
Chante encore Metz-la-Pucelle,
    Nous écoutons.

Ah ! si l'envie osait t'atteindre,
Te fouler, réduire en lambeau,
Comme l'on marche, pour l'éteindre,
    Sur un flambeau ;

Si, demain, un sombre nuage
Voilait tout à coup tes beaux jours,
Tranquille au milieu de l'orage,
    Chante toujours !

Chante, et que tes vers héroïques
De grandir Metz aient le pouvoir !
Pour toi louer ses murs antiques
    Est un devoir.

Exalte sa brillante histoire,
Son culte pour la liberté,
Et répands tes hymnes de gloire
    Sur ta cité !

Montre-nous, au champ de Bellone,
Son calme et son regard altier,
Semblant braver, sous sa couronne
    Le monde entier !

Dans la paix, montre sa sagesse,
La grâce assise à son foyer,
Prodiguant sourire et largesse
    A l'étranger !

Célèbre la cité pucelle,
Vante ses généreux penchants,
Et puissent rayonner, comme elle,
    Tes nobles chants !

Éd. Garbault.

LE RICHE ET LE PAUVRE

(Fable dédiée à M. Éd. Pesch.)

Un pauvre paysan, son nom était Colas,
Avait femme jolie et surtout bonne, aimable...
(Tu le sais, cher ami, ceci est une fable :
Telle femme, ici-bas, ne se rencontre pas !)
Il était bien content, ce cher et pauvre gueux,
Quand il avait gagné assez de pain pour deux...

Un jour, il aperçut Jean, fermier du village,
Qui vint à sa rencontre et lui fit bon visage,
Lui fit voir et son gros, et son menu bétail,
Sa meute, du gibier le grand épouvantail ;
Ils visitèrent tout, et la ferme, et les granges ;
Ils goûtèrent les vins des dernières vendanges ;
Enfin, Jean à Colas laissa voir tout son bien,
Pour lui bien mieux prouver que Colas n'avait rien.
Ils étaient au grenier à visiter la paille,
Quand on ouït d'en bas crier : — Grande canaille,
Viens donc, gros fainéant, sot, méchant, rien qui vaille !
— C'est ma femme, dit Jean, qui m'appelle, et j'accours ;
Elle me fait passer de bien malheureux jours
Et voudrait me savoir à mon heure dernière !...

Sur ce l'ami Colas regagna sa chaumière
En se disant : — Chacun des douleurs a sa part :
J'aime encor mieux mon lot que celui du richard !

CH. SITLY.

A M. ÉDOUARD PESCII

Un artisan pour sa compagne
Est toujours un objet d'orgueil :
Le pain qu'elle mange il le gagne
Et la joie habite leur seuil.

Le poëte, à la femme aimée
Ouvre le superbe avenir,
Et par ses nobles vers charmée
Sa maîtresse l'aide à souffrir.

E. FLANT.

TABLE

www.ingramcontent.com/pod-product-compliance
Ingram Content Group UK Ltd.
Pitfield, Milton Keynes, MK11 3LW, UK
UKHW021647130726
13696UKWH00004B/1465